Exode

La Bible

© 2024 Culturea
Texte et illustration de couverture : © domaine public (open access licence CC0 1.0 universel)
Édition et mise en page : Culturea (Hérault, 34)
Retrouvez notre catalogue sur http://culturea.fr/
Contact : infos@culturea.fr
Imprimé en Allemagne par Books on Demand Gmbh
Design typographique et layout : Derek Murphy et Reedsy
ISBN : 9791041997305
Date de parution : Avril 2024
Ce livre :
— a été composé avec une police open source libre de droits dessinée sur Open Fondry
 https://open-foundry.com/
— est édité en libre access sous licence CC0 (Creative Commons Zero) afin de conserver l'oeuvre au plus près des caractéristiques du domaine public.
— offre la possibilité à son lecteur de partager, dupliquer ou distribuer son contenu, sans restriction ni réserve.
— permet de replanter un arbre. SHS Éditions soutient Plantons Pour l'Avenir, fonds de dotation pour le reboisement des forêts françaises
400 projets de reboisement de forêts soutenus depuis 2014 à travers la France
https:/www.plantonspourlavenir.fr/

Exode 1

1. Voici les noms des fils d'Israël, venus en Égypte avec Jacob et la famille de chacun d'eux :
2. Ruben, Siméon, Lévi, Juda,
3. Issacar, Zabulon, Benjamin,
4. Dan, Nephthali, Gad et Aser.
5. Les personnes issues de Jacob étaient au nombre de soixante-dix en tout. Joseph était alors en Égypte.
6. Joseph mourut, ainsi que tous ses frères et toute cette génération-là.
7. Les enfants d'Israël furent féconds et multiplièrent, ils s'accrurent et devinrent de plus en plus puissants. Et le pays en fut rempli.
8. Il s'éleva sur l'Égypte un nouveau roi, qui n'avait point connu Joseph.
9. Il dit à son peuple : Voilà les enfants d'Israël qui forment un peuple plus nombreux et plus puissant que nous.
10. Allons ! montrons-nous habiles à son égard ; empêchons qu'il ne s'accroisse, et que, s'il survient une guerre, il ne se joigne à nos ennemis, pour nous combattre et sortir ensuite du pays.
11. Et l'on établit sur lui des chefs de corvées, afin de l'accabler de travaux pénibles. C'est ainsi qu'il bâtit les villes de Pithom et de Ramsès, pour servir de magasins à Pharaon.
12. Mais plus on l'accablait, plus il multipliait et s'accroissait ; et l'on prit en aversion les enfants d'Israël.
13. Alors les Égyptiens réduisirent les enfants d'Israël à une dure servitude.
14. Ils leur rendirent la vie amère par de rudes travaux en argile et en

briques, et par tous les ouvrages des champs : et c'était avec cruauté qu'ils leur imposaient toutes ces charges.

15. Le roi d'Égypte parla aussi aux sages-femmes des Hébreux, nommées l'une Schiphra, et l'autre Pua.
16. Il leur dit : Quand vous accoucherez les femmes des Hébreux et que vous les verrez sur les sièges, si c'est un garçon, faites-le mourir ; si c'est une fille, laissez-la vivre.
17. Mais les sages-femmes craignirent Dieu, et ne firent point ce que leur avait dit le roi d'Égypte ; elles laissèrent vivre les enfants.
18. Le roi d'Égypte appela les sages-femmes, et leur dit : Pourquoi avez-vous agi ainsi, et avez-vous laissé vivre les enfants ?
19. Les sages-femmes répondirent à Pharaon : C'est que les femmes des Hébreux ne sont pas comme les Égyptiennes ; elles sont vigoureuses et elles accouchent avant l'arrivée de la sage-femme.
20. Dieu fit du bien aux sages-femmes ; et le peuple multiplia et devint très nombreux.
21. Parce que les sages-femmes avaient eu la crainte de Dieu, Dieu fit prospérer leurs maisons.
22. Alors Pharaon donna cet ordre à tout son peuple : Vous jetterez dans le fleuve tout garçon qui naîtra, et vous laisserez vivre toutes les filles.

Exode 2

1. Un homme de la maison de Lévi avait pris pour femme une fille de Lévi.

2. Cette femme devint enceinte et enfanta un fils. Elle vit qu'il était beau, et elle le cacha pendant trois mois.

3. Ne pouvant plus le cacher, elle prit une caisse de jonc, qu'elle enduisit de bitume et de poix ; elle y mit l'enfant, et le déposa parmi les roseaux, sur le bord du fleuve.

4. La soeur de l'enfant se tint à quelque distance, pour savoir ce qui lui arriverait.

5. La fille de Pharaon descendit au fleuve pour se baigner, et ses compagnes se promenèrent le long du fleuve. Elle aperçut la caisse au milieu des roseaux, et elle envoya sa servante pour la prendre.

6. Elle l'ouvrit, et vit l'enfant : c'était un petit garçon qui pleurait. Elle en eut pitié, et elle dit : C'est un enfant des Hébreux !

7. Alors la soeur de l'enfant dit à la fille de Pharaon : Veux-tu que j'aille te chercher une nourrice parmi les femmes des Hébreux, pour allaiter cet enfant ?

8. Va, lui répondit la fille de Pharaon. Et la jeune fille alla chercher la mère de l'enfant.

9. La fille de Pharaon lui dit : Emporte cet enfant, et allaite-le-moi ; je te donnerai ton salaire. La femme prit l'enfant, et l'allaita.

10. Quand il eut grandi, elle l'amena à la fille de Pharaon, et il fut pour elle comme un fils. Elle lui donna le nom de Moïse, car, dit-elle, je l'ai retiré des eaux.

11. En ce temps-là, Moïse, devenu grand, se rendit vers ses frères, et fut témoin de leurs pénibles travaux. Il vit un Égyptien qui frappait

un Hébreu d'entre ses frères.

12. Il regarda de côté et d'autre, et, voyant qu'il n'y avait personne, il tua l'Égyptien, et le cacha dans le sable.
13. Il sortit le jour suivant ; et voici, deux Hébreux se querellaient. Il dit à celui qui avait tort : Pourquoi frappes-tu ton prochain ?
14. Et cet homme répondit : Qui t'a établi chef et juge sur nous ? Penses-tu me tuer, comme tu as tué l'Égyptien ? Moïse eut peur, et dit : Certainement la chose est connue.
15. Pharaon apprit ce qui s'était passé, et il cherchait à faire mourir Moïse. Mais Moïse s'enfuit de devant Pharaon, et il se retira dans le pays de Madian, où il s'arrêta près d'un puits.
16. Le sacrificateur de Madian avait sept filles. Elle vinrent puiser de l'eau, et elles remplirent les auges pour abreuver le troupeau de leur père.
17. Les bergers arrivèrent, et les chassèrent. Alors Moïse se leva, prit leur défense, et fit boire leur troupeau.
18. Quand elles furent de retour auprès de Réuel, leur père, il dit : Pourquoi revenez-vous si tôt aujourd'hui ?
19. Elles répondirent : Un Égyptien nous a délivrées de la main des bergers, et même il nous a puisé de l'eau, et a fait boire le troupeau.
20. Et il dit à ses filles : Où est-il ? Pourquoi avez-vous laissé cet homme ? Appelez-le, pour qu'il prenne quelque nourriture.
21. Moïse se décida à demeurer chez cet homme, qui lui donna pour femme Séphora, sa fille.
22. Elle enfanta un fils, qu'il appela du nom de Guerschom, car, dit-il, j'habite un pays étranger.

23. Longtemps après, le roi d'Égypte mourut, et les enfants d'Israël gémissaient encore sous la servitude, et poussaient des cris. Ces cris, que leur arrachait la servitude, montèrent jusqu'à Dieu.
24. Dieu entendit leurs gémissements, et se souvint de son alliance avec Abraham, Isaac et Jacob.
25. Dieu regarda les enfants d'Israël, et il en eut compassion.

Exode 3

1. Moïse faisait paître le troupeau de Jéthro, son beau-père, sacrificateur de Madian ; et il mena le troupeau derrière le désert, et vint à la montagne de Dieu, à Horeb.

2. L'ange de l'Éternel lui apparut dans une flamme de feu, au milieu d'un buisson. Moïse regarda ; et voici, le buisson était tout en feu, et le buisson ne se consumait point.

3. Moïse dit : Je veux me détourner pour voir quelle est cette grande vision, et pourquoi le buisson ne se consume point.

4. L'Éternel vit qu'il se détournait pour voir ; et Dieu l'appela du milieu du buisson, et dit : Moïse ! Moïse ! Et il répondit : Me voici !

5. Dieu dit : N'approche pas d'ici, ôte tes souliers de tes pieds, car le lieu sur lequel tu te tiens est une terre sainte.

6. Et il ajouta : Je suis le Dieu de ton père, le Dieu d'Abraham, le Dieu d'Isaac et le Dieu de Jacob. Moïse se cacha le visage, car il craignait de regarder Dieu.

7. L'Éternel dit : J'ai vu la souffrance de mon peuple qui est en Égypte, et j'ai entendu les cris que lui font pousser ses oppresseurs, car je connais ses douleurs.

8. Je suis descendu pour le délivrer de la main des Égyptiens, et pour le faire monter de ce pays dans un bon et vaste pays, dans un pays où coulent le lait et le miel, dans les lieux qu'habitent les Cananéens, les Héthiens, les Amoréens, les Phéréziens, les Héviens et les Jébusiens.

9. Voici, les cris d'Israël sont venus jusqu'à moi, et j'ai vu l'oppression que leur font souffrir les Égyptiens.

10. Maintenant, va, je t'enverrai auprès de Pharaon, et tu feras sortir d'Égypte mon peuple, les enfants d'Israël.

11. Moïse dit à Dieu : Qui suis-je, pour aller vers Pharaon, et pour faire sortir d'Égypte les enfants d'Israël ?

12. Dieu dit : Je serai avec toi ; et ceci sera pour toi le signe que c'est moi qui t'envoie : quand tu auras fait sortir d'Égypte le peuple, vous servirez Dieu sur cette montagne.

13. Moïse dit à Dieu : J'irai donc vers les enfants d'Israël, et je leur dirai : Le Dieu de vos pères m'envoie vers vous. Mais, s'ils me demandent quel est son nom, que leur répondrai-je ?

14. Dieu dit à Moïse : Je suis celui qui suis. Et il ajouta : C'est ainsi que tu répondras aux enfants d'Israël : Celui qui s'appelle 'je suis'm'a envoyé vers vous.

15. Dieu dit encore à Moïse : Tu parleras ainsi aux enfants d'Israël : L'Éternel, le Dieu de vos pères, le Dieu d'Abraham, le Dieu d'Isaac et le Dieu de Jacob, m'envoie vers vous. Voilà mon nom pour l'éternité, voilà mon nom de génération en génération.

16. Va, rassemble les anciens d'Israël, et dis-leur : L'Éternel, le Dieu de vos pères, m'est apparu, le Dieu d'Abraham, d'Isaac et de Jacob. Il a dit : Je vous ai vus, et j'ai vu ce qu'on vous fait en Égypte,

17. et j'ai dit : Je vous ferai monter de l'Égypte, où vous souffrez, dans le pays des Cananéens, des Héthiens, des Amoréens, des Phéréziens, des Héviens et des Jébusiens, dans un pays où coulent le lait et le miel.

18. Ils écouteront ta voix ; et tu iras, toi et les anciens d'Israël, auprès du roi d'Égypte, et vous lui direz : L'Éternel, le Dieu des Hébreux, nous est apparu. Permets-nous de faire trois journées de marche dans le désert, pour offrir des sacrifices à l'Éternel, notre Dieu.

19. Je sais que le roi d'Égypte ne vous laissera point aller, si ce n'est par une main puissante.

20. J'étendrai ma main, et je frapperai l'Égypte par toutes sortes de prodiges que je ferai au milieu d'elle. Après quoi, il vous laissera aller.

21. Je ferai même trouver grâce à ce peuple aux yeux des Égyptiens, et quand vous partirez, vous ne partirez point à vide.

22. Chaque femme demandera à sa voisine et à celle qui demeure

dans sa maison des vases d'argent, des vases d'or, et des vêtements, que vous mettrez sur vos fils et vos filles. Et vous dépouillerez les Égyptiens.

Exode 4

1. Moïse répondit, et dit : Voici, ils ne me croiront point, et ils n'écouteront point ma voix. Mais ils diront : L'Éternel ne t'est point apparu.

2. L'Éternel lui dit : Qu'y a-t-il dans ta main ? Il répondit : Une verge.

3. L'Éternel dit : Jette-la par terre. Il la jeta par terre, et elle devint un serpent. Moïse fuyait devant lui.

4. L'Éternel dit à Moïse : Étends ta main, et saisis-le par la queue. Il étendit la main et le saisit et le serpent redevint une verge dans sa main.

5. C'est là, dit l'Éternel, ce que tu feras, afin qu'ils croient que l'Éternel, le Dieu de leurs pères, t'est apparu, le Dieu d'Abraham, le Dieu d'Isaac et le Dieu de Jacob.

6. L'Éternel lui dit encore : Mets ta main dans ton sein. Il mit sa main dans son sein ; puis il la retira, et voici, sa main était couverte de lèpre, blanche comme la neige.

7. L'Éternel dit : Remets ta main dans ton sein. Il remit sa main dans son sein ; puis il la retira de son sein, et voici, elle était redevenue comme sa chair.

8. S'ils ne te croient pas, dit l'Éternel, et n'écoutent pas la voix du premier signe, ils croiront à la voix du dernier signe.

9. S'ils ne croient pas même à ces deux signes, et n'écoutent pas ta voix, tu prendras de l'eau du fleuve, tu la répandras sur la terre, et l'eau que tu auras prise du fleuve deviendra du sang sur la terre.

10. Moïse dit à l'Éternel : Ah ! Seigneur, je ne suis pas un homme qui ait la parole facile, et ce n'est ni d'hier ni d'avant-hier, ni même depuis que tu parles à ton serviteur ; car j'ai la bouche et la langue

embarrassées.

11. L'Éternel lui dit : Qui a fait la bouche de l'homme ? et qui rend muet ou sourd, voyant ou aveugle ? N'est-ce pas moi, l'Éternel ?

12. Va donc, je serai avec ta bouche, et je t'enseignerai ce que tu auras à dire.

13. Moïse dit : Ah ! Seigneur, envoie qui tu voudras envoyer.

14. Alors la colère de l'Éternel s'enflamma contre Moïse, et il dit : N'y a t-il pas ton frère Aaron, le Lévite ? Je sais qu'il parlera facilement. Le voici lui-même, qui vient au-devant de toi ; et, quand il te verra, il se réjouira dans son coeur.

15. Tu lui parleras, et tu mettras les paroles dans sa bouche ; et moi, je serai avec ta bouche et avec sa bouche, et je vous enseignerai ce que vous aurez à faire.

16. Il parlera pour toi au peuple ; il te servira de bouche, et tu tiendras pour lui la place de Dieu.

17. Prends dans ta main cette verge, avec laquelle tu feras les signes.

18. Moïse s'en alla ; et de retour auprès de Jéthro, son beau-père, il lui dit : Laisse-moi, je te prie, aller rejoindre mes frères qui sont en Égypte, afin que je voie s'ils sont encore vivants. Jéthro dit à Moïse : Va en paix.

19. L'Éternel dit à Moïse, en Madian : Va, retourne en Égypte, car tous ceux qui en voulaient à ta vie sont morts.

20. Moïse prit sa femme et ses fils, les fit monter sur des ânes, et retourna dans le pays d'Égypte. Il prit dans sa main la verge de Dieu.

21. L'Éternel dit à Moïse : En partant pour retourner en Égypte, vois tous les prodiges que je mets en ta main : tu les feras devant Pharaon. Et moi, j'endurcirai son coeur, et il ne laissera point aller le peuple.

22. Tu diras à Pharaon : Ainsi parle l'Éternel : Israël est mon fils, mon premier-né.

23. Je te dis : Laisse aller mon fils, pour qu'il me serve ; si tu refuses de le laisser aller, voici, je ferai périr ton fils, ton premier-né.

24. Pendant le voyage, en un lieu où Moïse passa la nuit, l'Éternel l'attaqua et voulut le faire mourir.

25. Séphora prit une pierre aiguë, coupa le prépuce de son fils, et le

jeta aux pieds de Moïse, en disant : Tu es pour moi un époux de sang !

26. Et l'Éternel le laissa. C'est alors qu'elle dit : Époux de sang ! à cause de la circoncision.

27. L'Éternel dit à Aaron : Va dans le désert au-devant de Moïse. Aaron partit ; il rencontra Moïse à la montagne de Dieu, et il le baisa.

28. Moïse fit connaître à Aaron toutes les paroles de l'Éternel qui l'avait envoyé, et tous les signes qu'il lui avait ordonné de faire.

29. Moïse et Aaron poursuivirent leur chemin, et ils assemblèrent tous les anciens des enfants d'Israël.

30. Aaron rapporta toutes les paroles que l'Éternel avait dites à Moïse, et il exécuta les signes aux yeux du peuple.

31. Et le peuple crut. Ils apprirent que l'Éternel avait visité les enfants d'Israël, qu'il avait vu leur souffrance ; et ils s'inclinèrent et se prosternèrent.

Exode 5

1. Moïse et Aaron se rendirent ensuite auprès de Pharaon, et lui dirent : Ainsi parle l'Éternel, le Dieu d'Israël : Laisse aller mon peuple, pour qu'il célèbre au désert une fête en mon honneur.
2. Pharaon répondit : Qui est l'Éternel, pour que j'obéisse à sa voix, en laissant aller Israël ? Je ne connais point l'Éternel, et je ne laisserai point aller Israël.
3. Ils dirent : Le Dieu des Hébreux nous est apparu. Permets-nous de faire trois journées de marche dans le désert, pour offrir des sacrifices à l'Éternel, afin qu'il ne nous frappe pas de la peste ou de l'épée.
4. Et le roi d'Égypte leur dit : Moïse et Aaron, pourquoi détournez-vous le peuple de son ouvrage ? Allez à vos travaux.
5. Pharaon dit : Voici, ce peuple est maintenant nombreux dans le pays, et vous lui feriez interrompre ses travaux !
6. Et ce jour même, Pharaon donna cet ordre aux inspecteurs du peuple et aux commissaires :
7. Vous ne donnerez plus comme auparavant de la paille au peuple pour faire des briques ; qu'ils aillent eux-mêmes ramasser de la paille.
8. Vous leur imposerez néanmoins la quantité de briques qu'ils faisaient auparavant, vous n'en retrancherez rien ; car ce sont des paresseux ; voilà pourquoi ils crient, en disant : Allons offrir des sacrifices à notre Dieu !
9. Que l'on charge de travail ces gens, qu'ils s'en occupent, et ils ne prendront plus garde à des paroles de mensonge.

10. Les inspecteurs du peuple et les commissaires vinrent dire au

peuple : Ainsi parle Pharaon : Je ne vous donne plus de paille ;

11. allez vous-mêmes vous procurer de la paille où vous en trouverez, car l'on ne retranche rien de votre travail.

12. Le peuple se répandit dans tout le pays d'Égypte, pour ramasser du chaume au lieu de paille.

13. Les inspecteurs les pressaient, en disant : Achevez votre tâche, jour par jour, comme quand il y avait de la paille.

14. On battit même les commissaires des enfants d'Israël, établis sur eux par les inspecteurs de Pharaon : Pourquoi, disait-on, n'avez-vous pas achevé hier et aujourd'hui, comme auparavant, la quantité de briques qui vous avait été fixée ?

15. Les commissaires des enfants d'Israël allèrent se plaindre à Pharaon, et lui dirent : Pourquoi traites-tu ainsi tes serviteurs ?

16. On ne donne point de paille à tes serviteurs, et l'on nous dit : Faites des briques ! Et voici, tes serviteurs sont battus, comme si ton peuple était coupable.

17. Pharaon répondit : Vous êtes des paresseux, des paresseux ! Voilà pourquoi vous dites : Allons offrir des sacrifices à l'Éternel !

18. Maintenant, allez travailler ; on ne vous donnera point de paille, et vous livrerez la même quantité de briques.

19. Les commissaires des enfants d'Israël virent qu'on les rendait malheureux, en disant : Vous ne retrancherez rien de vos briques ; chaque jour la tâche du jour.

20. En sortant de chez Pharaon, ils rencontrèrent Moïse et Aaron qui les attendaient.

21. Ils leur dirent : Que l'Éternel vous regarde, et qu'il juge ! Vous nous avez rendus odieux à Pharaon et à ses serviteurs, vous avez mis une épée dans leurs mains pour nous faire périr.

22. Moïse retourna vers l'Éternel, et dit : Seigneur, pourquoi as-tu fait du mal à ce peuple ? pourquoi m'as-tu envoyé ?

23. Depuis que je suis allé vers Pharaon pour parler en ton nom, il fait du mal à ce peuple, et tu n'as point délivré ton peuple.

Exode 6

1. L'Éternel dit à Moïse : Tu verras maintenant ce que je ferai à Pharaon ; une main puissante le forcera à les laisser aller, une main puissante le forcera à les chasser de son pays.
2. Dieu parla encore à Moïse, et lui dit : Je suis l'Éternel.
3. Je suis apparu à Abraham, à Isaac et à Jacob, comme le Dieu tout puissant ; mais je n'ai pas été connu d'eux sous mon nom, l'Éternel.
4. J'ai aussi établi mon alliance avec eux, pour leur donner le pays de Canaan, le pays de leurs pèlerinages, dans lequel ils ont séjourné.
5. J'ai entendu les gémissements des enfants d'Israël, que les Égyptiens tiennent dans la servitude, et je me suis souvenu de mon alliance.
6. C'est pourquoi dis aux enfants d'Israël : Je suis l'Éternel, je vous affranchirai des travaux dont vous chargent les Égyptiens, je vous délivrerai de leur servitude, et je vous sauverai à bras étendu et par de grands jugements.
7. Je vous prendrai pour mon peuple, je serai votre Dieu, et vous saurez que c'est moi, l'Éternel, votre Dieu, qui vous affranchis des travaux dont vous chargent les Égyptiens.
8. Je vous ferai entrer dans le pays que j'ai juré de donner à Abraham, à Isaac et à Jacob ; je vous le donnerai en possession, moi l'Éternel.
9. Ainsi parla Moïse aux enfants d'Israël. Mais l'angoisse et la dure servitude les empêchèrent d'écouter Moïse.
10. L'Éternel parla à Moïse, et dit :
11. Va, parle à Pharaon, roi d'Égypte, pour qu'il laisse aller les enfants d'Israël hors de son pays.

12. Moïse répondit en présence de l'Éternel : Voici, les enfants d'Israël ne m'ont point écouté ; comment Pharaon m'écouterait-il, moi qui n'ai pas la parole facile ?

13. L'Éternel parla à Moïse et à Aaron, et leur donna des ordres au sujet des enfants d'Israël et au sujet de Pharaon, roi d'Égypte, pour faire sortir du pays d'Égypte les enfants d'Israël.

14. Voici les chefs de leurs familles. Fils de Ruben, premier-né d'Israël : Hénoc, Pallu, Hetsron et Carmi. Ce sont là les familles de Ruben.

15. Fils de Siméon : Jemuel, Jamin, Ohad, Jakin et Tsochar ; et Saül, fils de la Cananéenne. Ce sont là les familles de Siméon.

16. Voici les noms des fils de Lévi, avec leur postérité : Guerschon, Kehath et Merari. Les années de la vie de Lévi furent de cent trente-sept ans.

17. Fils de Guerschon : Libni et Schimeï, et leurs familles.

18. Fils de Kehath : Amram, Jitsehar, Hébron et Uziel. Les années de la vie de Kehath furent de cent trente-trois ans.

19. Fils de Merari : Machli et Muschi. -Ce sont là les familles de Lévi, avec leur postérité.

20. Amram prit pour femme Jokébed, sa tante ; et elle lui enfanta Aaron, et Moïse. Les années de la vie d'Amram furent de cent trente-sept ans.

21. Fils de Jitsehar : Koré, Népheg et Zicri.

22. Fils d'Uziel : Mischaël, Eltsaphan et Sithri.

23. Aaron prit pour femme Élischéba, fille d'Amminadab, soeur de Nachschon ; et elle lui enfanta Nadab, Abihu, Éléazar et Ithamar.

24. Fils de Koré : Assir, Elkana et Abiasaph. Ce sont là les familles des Korites.

25. Éléazar, fils d'Aaron, prit pour femme une des filles de Puthiel ; et elle lui enfanta Phinées. Tels sont les chefs de famille des Lévites, avec leurs familles.

26. Ce sont là cet Aaron et ce Moïse, à qui l'Éternel dit : Faites sortir du pays d'Égypte les enfants d'Israël, selon leurs armées.

27. Ce sont eux qui parlèrent à Pharaon, roi d'Égypte, pour faire sortir d'Égypte les enfants d'Israël. Ce sont là ce Moïse et cet Aaron.

28. Lorsque l'Éternel parla à Moïse dans le pays d'Égypte,

29. l'Éternel dit à Moïse : Je suis l'Éternel. Dis à Pharaon, roi d'Égypte, tout ce que je te dis.

30. Et Moïse répondit en présence de l'Éternel : Voici, je n'ai pas la parole facile ; comment Pharaon m'écouterait-il ?

Exode 7

1. L'Éternel dit à Moïse : Vois, je te fais Dieu pour Pharaon : et Aaron, ton frère, sera ton prophète.

2. Toi, tu diras tout ce que je t'ordonnerai ; et Aaron, ton frère, parlera à Pharaon, pour qu'il laisse aller les enfants d'Israël hors de son pays.

3. Et moi, j'endurcirai le coeur de Pharaon, et je multiplierai mes signes et mes miracles dans le pays d'Égypte.

4. Pharaon ne vous écoutera point. Je mettrai ma main sur l'Égypte, et je ferai sortir du pays d'Égypte mes armées, mon peuple, les enfants d'Israël, par de grands jugements.

5. Les Égyptiens connaîtront que je suis l'Éternel, lorsque j'étendrai ma main sur l'Égypte, et que je ferai sortir du milieu d'eux les enfants d'Israël.

6. Moïse et Aaron firent ce que l'Éternel leur avait ordonné ; ils firent ainsi.

7. Moïse était âgé de quatre-vingts ans, et Aaron de quatre-vingt-trois ans, lorsqu'ils parlèrent à Pharaon.

8. L'Éternel dit à Moïse et à Aaron :

9. Si Pharaon vous parle, et vous dit : Faites un miracle ! tu diras à Aaron : Prends ta verge, et jette-la devant Pharaon. Elle deviendra un serpent.

10. Moïse et Aaron allèrent auprès de Pharaon, et ils firent ce que l'Éternel avait ordonné. Aaron jeta sa verge devant Pharaon et devant ses serviteurs ; et elle devint un serpent.

11. Mais Pharaon appela des sages et des enchanteurs ; et les magiciens d'Égypte, eux aussi, en firent autant par leurs enchantements.

12. Ils jetèrent tous leurs verges, et elles devinrent des serpents. Et la verge d'Aaron engloutit leurs verges.

13. Le coeur de Pharaon s'endurcit, et il n'écouta point Moïse et Aaron selon ce que l'Éternel avait dit.
14. L'Éternel dit à Moïse : Pharaon a le coeur endurci ; il refuse de laisser aller le peuple.
15. Va vers Pharaon dès le matin ; il sortira pour aller près de l'eau, et tu te présenteras devant lui au bord du fleuve. Tu prendras à ta main la verge qui a été changée en serpent,
16. et tu diras à Pharaon : L'Éternel, le Dieu des Hébreux, m'a envoyé auprès de toi, pour te dire : Laisse aller mon peuple, afin qu'il me serve dans le désert. Et voici, jusqu'à présent tu n'as point écouté.
17. Ainsi parle l'Éternel : A ceci tu connaîtras que je suis l'Éternel. Je vais frapper les eaux du fleuve avec la verge qui est dans ma main ; et elles seront changées en sang.
18. Les poissons qui sont dans le fleuve périront, le fleuve se corrompra, et les Égyptiens s'efforceront en vain de boire l'eau du fleuve.
19. L'Éternel dit à Moïse : Dis à Aaron : Prends ta verge, et étends ta main sur les eaux des Égyptiens, sur leurs rivières, sur leurs ruisseaux, sur leurs étangs, et sur tous leurs amas d'eaux. Elles deviendront du sang : et il y aura du sang dans tout le pays d'Égypte, dans les vases de bois et dans les vases de pierre.
20. Moïse et Aaron firent ce que l'Éternel avait ordonné. Aaron leva la verge, et il frappa les eaux qui étaient dans le fleuve, sous les yeux de Pharaon et sous les yeux de ses serviteurs ; et toutes les eaux du fleuve furent changées en sang.

21. Les poissons qui étaient dans le fleuve périrent, le fleuve se corrompit, les Égyptiens ne pouvaient plus boire l'eau du fleuve, et il y eut du sang dans tout le pays d'Égypte.
22. Mais les magiciens d'Égypte en firent autant par leurs enchantements. Le coeur de Pharaon s'endurcit, et il n'écouta point Moïse et Aaron, selon ce que l'Éternel avait dit.
23. Pharaon s'en retourna, et alla dans sa maison ; et il ne prit pas

même à coeur ces choses.

24. Tous les Égyptiens creusèrent aux environs du fleuve, pour trouver de l'eau à boire ; car ils ne pouvaient boire de l'eau du fleuve.

25. Il s'écoula sept jours, après que l'Éternel eut frappé le fleuve.

Exode 8

1. (7 :26) L'Éternel dit à Moïse : Va vers Pharaon, et tu lui diras : Ainsi parle l'Éternel : Laisse aller mon peuple, afin qu'il me serve.

2. (7 :27) Si tu refuses de le laisser aller, je vais frapper par des grenouilles toute l'étendue de ton pays.

3. (7 :28) Le fleuve fourmillera de grenouilles ; elles monteront, et elles entreront dans ta maison, dans ta chambre à coucher et dans ton lit, dans la maison de tes serviteurs et dans celles de ton peuple, dans tes fours et dans tes pétrins.

4. (7 :29) Les grenouilles monteront sur toi, sur ton peuple, et sur tous tes serviteurs.

5. (8 :1) L'Éternel dit à Moïse : Dis à Aaron : Étends ta main avec ta verge sur les rivières, sur les ruisseaux et sur les étangs, et fais monter les grenouilles sur le pays d'Égypte.

6. (8 :2) Aaron étendit sa main sur les eaux de l'Égypte ; et les grenouilles montèrent et couvrirent le pays d'Égypte.

7. (8 :3) Mais les magiciens en firent autant par leurs enchantements. Ils firent monter les grenouilles sur le pays d'Égypte.

8. (8 :4) Pharaon appela Moïse et Aaron, et dit : Priez l'Éternel, afin qu'il éloigne les grenouilles de moi et de mon peuple ; et je laisserai aller le peuple, pour qu'il offre des sacrifices à l'Éternel.

9. (8 :5) Moïse dit à Pharaon : Glorifie-toi sur moi ! Pour quand prierai-je l'Éternel en ta faveur, en faveur de tes serviteurs et de ton peuple, afin qu'il retire les grenouilles loin de toi et de tes maisons ? Il n'en restera que dans le fleuve.

10. (8 :6) Il répondit : Pour demain. Et Moïse dit : Il en sera ainsi,

afin que tu saches que nul n'est semblable à l'Éternel, notre Dieu.

11. (8 :7) Les grenouilles s'éloigneront de toi et de tes maisons, de tes serviteurs et de ton peuple ; il n'en restera que dans le fleuve.

12. (8 :8) Moïse et Aaron sortirent de chez Pharaon. Et Moïse cria à l'Éternel au sujet des grenouilles dont il avait frappé Pharaon.

13. (8 :9) L'Éternel fit ce que demandait Moïse ; et les grenouilles périrent dans les maisons, dans les cours et dans les champs.

14. (8 :10) On les entassa par monceaux, et le pays fut infecté.

15. (8 :11) Pharaon, voyant qu'il y avait du relâche, endurcit son coeur, et il n'écouta point Moïse et Aaron, selon ce que l'Éternel avait dit.

16. (8 :12) L'Éternel dit à Moïse : Dis à Aaron : Étends ta verge, et frappe la poussière de la terre. Elle se changera en poux, dans tout le pays d'Égypte.

17. (8 :13) Ils firent ainsi. Aaron étendit sa main, avec sa verge, et il frappa la poussière de la terre ; et elle fut changée en poux sur les hommes et sur les animaux. Toute la poussière de la terre fut changée en poux, dans tout le pays d'Égypte.

18. (8 :14) Les magiciens employèrent leurs enchantements pour produire les poux ; mais ils ne purent pas. Les poux étaient sur les hommes et sur les animaux.

19. (8 :15) Et les magiciens dirent à Pharaon : C'est le doigt de Dieu ! Le coeur de Pharaon s'endurcit, et il n'écouta point Moïse et Aaron, selon ce que l'Éternel avait dit.

20. (8 :16) L'Éternel dit à Moïse : Lève-toi de bon matin, et présente-toi devant Pharaon ; il sortira pour aller près de l'eau. Tu lui diras : Ainsi parle l'Éternel : Laisse aller mon peuple, afin qu'il me serve.

21. (8 :17) Si tu ne laisses pas aller mon peuple, je vais envoyer les mouches venimeuses contre toi, contre tes serviteurs, contre ton peuple et contre tes maisons ; les maisons des Égyptiens seront remplies de mouches, et le sol en sera couvert.

22. (8 :18) Mais, en ce jour-là, je distinguerai le pays de Gosen où habite mon peuple, et là il n'y aura point de mouches, afin que tu saches que moi, l'Éternel, je suis au milieu de ce pays.

23. (8 :19) J'établirai une distinction entre mon peuple et ton peuple.

Ce signe sera pour demain.

24. (8 :20) L'Éternel fit ainsi. Il vint une quantité de mouches venimeuses dans la maison de Pharaon et de ses serviteurs, et tout le pays d'Égypte fut dévasté par les mouches.

25. (8 :21) Pharaon appela Moïse et Aaron et dit : Allez, offrez des sacrifices à votre Dieu dans le pays.

26. (8 :22) Moïse répondit : Il n'est point convenable de faire ainsi ; car nous offririons à l'Éternel, notre Dieu, des sacrifices qui sont en abomination aux Égyptiens. Et si nous offrons, sous leurs yeux, des sacrifices qui sont en abomination aux Égyptiens, ne nous lapideront-ils pas ?

27. (8 :23) Nous ferons trois journées de marche dans le désert, et nous offrirons des sacrifices à l'Éternel, notre Dieu, selon ce qu'il nous dira.

28. (8 :24) Pharaon dit : Je vous laisserai aller, pour offrir à l'Éternel, votre Dieu, des sacrifices dans le désert : seulement, vous ne vous éloignerez pas, en y allant. Priez pour moi.

29. (8 :25) Moïse répondit : Je vais sortir de chez toi, et je prierai l'Éternel. Demain, les mouches s'éloigneront de Pharaon, de ses serviteurs et de son peuple. Mais, que Pharaon ne trompe plus, en refusant de laisser aller le peuple, pour offrir des sacrifices à l'Éternel.

30. (8 :26) Moïse sortit de chez Pharaon, et il pria l'Éternel.

31. (8 :27) L'Éternel fit ce que demandait Moïse ; et les mouches s'éloignèrent de Pharaon, de ses serviteurs et de son peuple. Il n'en resta pas une.

32. (8 :28) Mais Pharaon, cette fois encore, endurcit son coeur, et il ne laissa point aller le peuple.

Exode 9

1. L'Éternel dit à Moïse : Va vers Pharaon, et tu lui diras : Ainsi parle l'Éternel, le Dieu des Hébreux : Laisse aller mon peuple, afin qu'il me serve.

2. Si tu refuses de le laisser aller, et si tu le retiens encore,

3. voici, la main de l'Éternel sera sur tes troupeaux qui sont dans les champs, sur les chevaux, sur les ânes, sur les chameaux, sur les boeufs et sur les brebis ; il y aura une mortalité très grande.

4. L'Éternel distinguera entre les troupeaux d'Israël et les troupeaux des Égyptiens, et il ne périra rien de tout ce qui est aux enfants d'Israël.

5. L'Éternel fixa le temps, et dit : Demain, l'Éternel fera cela dans le pays.

6. Et l'Éternel fit ainsi, dès le lendemain. Tous les troupeaux des Égyptiens périrent, et il ne périt pas une bête des troupeaux des enfants d'Israël.

7. Pharaon s'informa de ce qui était arrivé ; et voici, pas une bête des troupeaux d'Israël n'avait péri. Mais le coeur de Pharaon s'endurcit, et il ne laissa point aller le peuple.

8. L'Éternel dit à Moïse et à Aaron : Remplissez vos mains de cendre de fournaise, et que Moïse la jette vers le ciel, sous les yeux de Pharaon.

9. Elle deviendra une poussière qui couvrira tout le pays d'Égypte ; et elle produira, dans tout le pays d'Égypte, sur les hommes et sur les animaux, des ulcères formés par une éruption de pustules.

10. Ils prirent de la cendre de fournaise, et se présentèrent devant Pharaon ; Moïse la jeta vers le ciel, et elle produisit sur les hommes

et sur les animaux des ulcères formés par une éruption de pustules.

11. Les magiciens ne purent paraître devant Moïse, à cause des ulcères ; car les ulcères étaient sur les magiciens, comme sur tous les Égyptiens.

12. L'Éternel endurcit le coeur de Pharaon, et Pharaon n'écouta point Moïse et Aaron, selon ce que l'Éternel avait dit à Moïse.

13. L'Éternel dit à Moïse : Lève-toi de bon matin, et présente-toi devant Pharaon. Tu lui diras : Ainsi parle l'Éternel, le Dieu des Hébreux : Laisse aller mon peuple, afin qu'il me serve.

14. Car, cette fois, je vais envoyer toutes mes plaies contre ton coeur, contre tes serviteurs et contre ton peuple, afin que tu saches que nul n'est semblable à moi sur toute la terre.

15. Si j'avais étendu ma main, et que je t'eusse frappé par la mortalité, toi et ton peuple, tu aurais disparu de la terre.

16. Mais, je t'ai laissé subsister, afin que tu voies ma puissance, et que l'on publie mon nom par toute la terre.

17. Si tu t'élèves encore contre mon peuple, et si tu ne le laisses point aller,

18. voici, je ferai pleuvoir demain, à cette heure, une grêle tellement forte, qu'il n'y en a point eu de semblable en Égypte depuis le jour où elle a été fondée jusqu'à présent.

19. Fais donc mettre en sûreté tes troupeaux et tout ce qui est à toi dans les champs. La grêle tombera sur tous les hommes et sur tous les animaux qui se trouveront dans les champs et qui n'auront pas été recueillis dans les maisons, et ils périront.

20. Ceux des serviteurs de Pharaon qui craignirent la parole de l'Éternel firent retirer dans les maisons leurs serviteurs et leurs troupeaux.

21. Mais ceux qui ne prirent point à coeur la parole de l'Éternel laissèrent leurs serviteurs et leurs troupeaux dans les champs.

22. L'Éternel dit à Moïse : Étends ta main vers le ciel ; et qu'il tombe de la grêle dans tout le pays d'Égypte sur les hommes, sur les animaux, et sur toutes les herbes des champs, dans le pays d'Égypte.

23. Moïse étendit sa verge vers le ciel ; et l'Éternel envoya des

tonnerres et de la grêle, et le feu se promenait sur la terre. L'Éternel fit pleuvoir de la grêle sur le pays d'Égypte.

24. Il tomba de la grêle, et le feu se mêlait avec la grêle ; elle était tellement forte qu'il n'y en avait point eu de semblable dans tout le pays d'Égypte depuis qu'il existe comme nation.

25. La grêle frappa, dans tout le pays d'Égypte, tout ce qui était dans les champs, depuis les hommes jusqu'aux animaux ; la grêle frappa aussi toutes les herbes des champs, et brisa tous les arbres des champs.

26. Ce fut seulement dans le pays de Gosen, où étaient les enfants d'Israël, qu'il n'y eut point de grêle.

27. Pharaon fit appeler Moïse et Aaron, et leur dit : Cette fois, j'ai péché ; c'est l'Éternel qui est le juste, et moi et mon peuple nous sommes les coupables.

28. Priez l'Éternel, pour qu'il n'y ait plus de tonnerres ni de grêle ; et je vous laisserai aller, et l'on ne vous retiendra plus.

29. Moïse lui dit : Quand je sortirai de la ville, je lèverai mes mains vers l'Éternel, les tonnerres cesseront et il n'y aura plus de grêle, afin que tu saches que la terre est à l'Éternel.

30. Mais je sais que toi et tes serviteurs, vous ne craindrez pas encore l'Éternel Dieu.

31. Le lin et l'orge avaient été frappés, parce que l'orge était en épis et que c'était la floraison du lin ;

32. le froment et l'épeautre n'avaient point été frappés, parce qu'ils sont tardifs.

33. Moïse sortit de chez Pharaon, pour aller hors de la ville ; il leva ses mains vers l'Éternel, les tonnerres et la grêle cessèrent, et la pluie ne tomba plus sur la terre.

34. Pharaon, voyant que la pluie, la grêle et les tonnerres avaient cessé, continua de pécher, et il endurcit son coeur, lui et ses serviteurs.

35. Le coeur de Pharaon s'endurcit, et il ne laissa point aller les enfants d'Israël, selon ce que l'Éternel avait dit par l'intermédiaire de Moïse.

Exode 10

1. L'Éternel dit à Moïse : Va vers Pharaon, car j'ai endurci son coeur et le coeur de ses serviteurs, pour faire éclater mes signes au milieu d'eux.

2. C'est aussi pour que tu racontes à ton fils et au fils de ton fils comment j'ai traité les Égyptiens, et quels signes j'ai fait éclater au milieu d'eux. Et vous saurez que je suis l'Éternel.

3. Moïse et Aaron allèrent vers Pharaon, et lui dirent : Ainsi parle l'Éternel, le Dieu des Hébreux : Jusqu'à quand refuseras-tu de t'humilier devant moi ? Laisse aller mon peuple, afin qu'il me serve.

4. Si tu refuses de laisser aller mon peuple, voici, je ferai venir demain des sauterelles dans toute l'étendue de ton pays.

5. Elles couvriront la surface de la terre, et l'on ne pourra plus voir la terre ; elles dévoreront le reste de ce qui est échappé, ce que vous a laissé la grêle, elles dévoreront tous les arbres qui croissent dans vos champs ;

6. elles rempliront tes maisons, les maisons de tous tes serviteurs et les maisons de tous les Égyptiens. Tes pères et les pères de tes pères n'auront rien vu de pareil depuis qu'ils existent sur la terre jusqu'à ce jour. Moïse se retira, et sortit de chez Pharaon.

7. Les serviteurs de Pharaon lui dirent : Jusqu'à quand cet homme sera-t-il pour nous un piège ? Laisse aller ces gens, et qu'ils servent l'Éternel, leur Dieu. Ne vois-tu pas encore que l'Égypte périt ?

8. On fit revenir vers Pharaon Moïse et Aaron : Allez, leur dit-il, servez l'Éternel, votre Dieu. Qui sont ceux qui iront ?

9. Moïse répondit : Nous irons avec nos enfants et nos vieillards, avec nos fils et nos filles, avec nos brebis et nos boeufs ; car c'est

pour nous une fête en l'honneur de l'Éternel.

10. Pharaon leur dit : Que l'Éternel soit avec vous, tout comme je vais vous laisser aller, vous et vos enfants ! Prenez garde, car le malheur est devant vous !

11. Non, non : allez, vous les hommes, et servez l'Éternel, car c'est là ce que vous avez demandé. Et on les chassa de la présence de Pharaon.

12. L'Éternel dit à Moïse : Étends ta main sur le pays d'Égypte, et que les sauterelles montent sur le pays d'Égypte ; qu'elles dévorent toute l'herbe de la terre, tout ce que la grêle a laissé.

13. Moïse étendit sa verge sur le pays d'Égypte ; et l'Éternel fit souffler un vent d'orient sur le pays toute cette journée et toute la nuit. Quand ce fut le matin, le vent d'orient avait apporté les sauterelles.

14. Les sauterelles montèrent sur le pays d'Égypte, et se posèrent dans toute l'étendue de l'Égypte ; elles étaient en si grande quantité qu'il n'y avait jamais eu et qu'il n'y aura jamais rien de semblable.

15. Elles couvrirent la surface de toute la terre, et la terre fut dans l'obscurité ; elles dévorèrent toute l'herbe de la terre et tout le fruit des arbres, tout ce que la grêle avait laissé ; et il ne resta aucune verdure aux arbres ni à l'herbe des champs, dans tout le pays d'Égypte.

16. Aussitôt Pharaon appela Moïse et Aaron, et dit : J'ai péché contre l'Éternel, votre Dieu, et contre vous.

17. Mais pardonne mon péché pour cette fois seulement ; et priez l'Éternel, votre Dieu, afin qu'il éloigne de moi encore cette plaie mortelle.

18. Moïse sortit de chez Pharaon, et il pria l'Éternel.

19. L'Éternel fit souffler un vent d'occident très fort, qui emporta les sauterelles, et les précipita dans la mer Rouge ; il ne resta pas une seule sauterelle dans toute l'étendue de l'Égypte.

20. L'Éternel endurcit le coeur de Pharaon, et Pharaon ne laissa point aller les enfants d'Israël.

21. L'Éternel dit à Moïse : Étends ta main vers le ciel, et qu'il y ait

des ténèbres sur le pays d'Égypte, et que l'on puisse les toucher.

22. Moïse étendit sa main vers le ciel ; et il y eut d'épaisses ténèbres dans tout le pays d'Égypte, pendant trois jours.

23. On ne se voyait pas les uns les autres, et personne ne se leva de sa place pendant trois jours. Mais il y avait de la lumière dans les lieux où habitaient tous les enfants d'Israël.

24. Pharaon appela Moïse, et dit : Allez, servez l'Éternel. Il n'y aura que vos brebis et vos boeufs qui resteront, et vos enfants pourront aller avec vous.

25. Moïse répondit : Tu mettras toi-même entre nos mains de quoi faire les sacrifices et les holocaustes que nous offrirons à l'Éternel, notre Dieu.

26. Nos troupeaux iront avec nous, et il ne restera pas un ongle ; car c'est là que nous prendrons pour servir l'Éternel, notre Dieu ; et jusqu'à ce que nous soyons arrivés, nous ne savons pas ce que nous choisirons pour offrir à l'Éternel.

27. L'Éternel endurcit le coeur de Pharaon, et Pharaon ne voulut point les laisser aller.

28. Pharaon dit à Moïse : Sors de chez moi ! Garde-toi de paraître encore en ma présence, car le jour où tu paraîtras en ma présence, tu mourras.

29. Tu l'as dit ! répliqua Moïse, je ne paraîtrai plus en ta présence.

Exode 11

1. L'Éternel dit à Moïse : Je ferai venir encore une plaie sur Pharaon et sur l'Égypte. Après cela, il vous laissera partir d'ici. Lorsqu'il vous laissera tout à fait aller, il vous chassera même d'ici.
2. Parle au peuple, pour que chacun demande à son voisin et chacune à sa voisine des vases d'argent et des vases d'or.
3. L'Éternel fit trouver grâce au peuple aux yeux des Égyptiens ; Moïse lui-même était très considéré dans le pays d'Égypte, aux yeux des serviteurs de Pharaon et aux yeux du peuple.
4. Moïse dit : Ainsi parle l'Éternel : Vers le milieu de la nuit, je passerai au travers de l'Égypte ;
5. et tous les premiers-nés mourront dans le pays d'Égypte, depuis le premier-né de Pharaon assis sur son trône, jusqu'au premier-né de la servante qui est derrière la meule, et jusqu'à tous les premiers-nés des animaux.
6. Il y aura dans tout le pays d'Égypte de grands cris, tels qu'il n'y en a point eu et qu'il n'y en aura plus de semblables.
7. Mais parmi tous les enfants d'Israël, depuis les hommes jusqu'aux animaux, pas même un chien ne remuera sa langue, afin que vous sachiez quelle différence l'Éternel fait entre l'Égypte et Israël.
8. Alors tous tes serviteurs que voici descendront vers moi et se prosterneront devant moi, en disant : Sors, toi et tout le peuple qui s'attache à tes pas ! Après cela, je sortirai. Moïse sortit de chez Pharaon, dans une ardente colère.
9. L'Éternel dit à Moïse : Pharaon ne vous écoutera point, afin que mes miracles se multiplient dans le pays d'Égypte.

10. Moïse et Aaron firent tous ces miracles devant Pharaon, et ne
Pharaon ne laissa point aller les enfants d'Israël hors de son pays.

Exode 12

1. L'Éternel dit à Moïse et à Aaron dans le pays d'Égypte :

2. Ce mois-ci sera pour vous le premier des mois ; il sera pour vous le premier des mois de l'année.

3. Parlez à toute l'assemblée d'Israël, et dites : Le dixième jour de ce mois, on prendra un agneau pour chaque famille, un agneau pour chaque maison.

4. Si la maison est trop peu nombreuse pour un agneau, on le prendra avec son plus proche voisin, selon le nombre des personnes ; vous compterez pour cet agneau d'après ce que chacun peut manger.

5. Ce sera un agneau sans défaut, mâle, âgé d'un an ; vous pourrez prendre un agneau ou un chevreau.

6. Vous le garderez jusqu'au quatorzième jour de ce mois ; et toute l'assemblée d'Israël l'immolera entre les deux soirs.

7. On prendra de son sang, et on en mettra sur les deux poteaux et sur le linteau de la porte des maisons où on le mangera.

8. Cette même nuit, on en mangera la chair, rôtie au feu ; on la mangera avec des pains sans levain et des herbes amères.

9. Vous ne le mangerez point à demi cuit et bouilli dans l'eau ; mais il sera rôti au feu, avec la tête, les jambes et l'intérieur.

10. Vous n'en laisserez rien jusqu'au matin ; et, s'il en reste quelque chose le matin, vous le brûlerez au feu.

11. Quand vous le mangerez, vous aurez vos reins ceints, vos souliers aux pieds, et votre bâton à la main ; et vous le mangerez à la hâte. C'est la Pâque de l'Éternel.

12. Cette nuit-là, je passerai dans le pays d'Égypte, et je frapperai

tous les premiers-nés du pays d'Égypte, depuis les hommes jusqu'aux animaux, et j'exercerai des jugements contre tous les dieux de l'Égypte. Je suis l'Éternel.

13. Le sang vous servira de signe sur les maisons où vous serez ; je verrai le sang, et je passerai par-dessus vous, et il n'y aura point de plaie qui vous détruise, quand je frapperai le pays d'Égypte.

14. Vous conserverez le souvenir de ce jour, et vous le célébrerez par une fête en l'honneur de l'Éternel ; vous le célébrerez comme une loi perpétuelle pour vos descendants.

15. Pendant sept jours, vous mangerez des pains sans levain. Dès le premier jour, il n'y aura plus de levain dans vos maisons ; car toute personne qui mangera du pain levé, du premier jour au septième jour, sera retranchée d'Israël.

16. Le premier jour, vous aurez une sainte convocation ; et le septième jour, vous aurez une sainte convocation. On ne fera aucun travail ces jours-là ; vous pourrez seulement préparer la nourriture de chaque personne.

17. Vous observerez la fête des pains sans levain, car c'est en ce jour même que j'aurai fait sortir vos armées du pays d'Égypte ; vous observerez ce jour comme une loi perpétuelle pour vos descendants.

18. Le premier mois, le quatorzième jour du mois, au soir, vous mangerez des pains sans levain jusqu'au soir du vingt et unième jour.

19. Pendant sept jours, il ne se trouvera point de levain dans vos maisons ; car toute personne qui mangera du pain levé sera retranchée de l'assemblée d'Israël, que ce soit un étranger ou un indigène.

20. Vous ne mangerez point de pain levé ; dans toutes vos demeures, vous mangerez des pains sans levain.

21. Moïse appela tous les anciens d'Israël, et leur dit : Allez prendre du bétail pour vos familles, et immolez la Pâque.

22. Vous prendrez ensuite un bouquet d'hysope, vous le tremperez dans le sang qui sera dans le bassin, et vous toucherez le linteau et les deux poteaux de la porte avec le sang qui sera dans le bassin. Nul de vous ne sortira de sa maison jusqu'au matin.

23. Quand l'Éternel passera pour frapper l'Égypte, et verra le sang sur

le linteau et sur les deux poteaux, l'Éternel passera par-dessus la porte, et il ne permettra pas au destructeur d'entrer dans vos maisons pour frapper.

24. Vous observerez cela comme une loi pour vous et pour vos enfants à perpétuité.

25. Quand vous serez entrés dans le pays que l'Éternel vous donnera, selon sa promesse, vous observerez cet usage sacré.

26. Et lorsque vos enfants vous diront : Que signifie pour vous cet usage ?

27. vous répondrez : C'est le sacrifice de Pâque en l'honneur de l'Éternel, qui a passé par-dessus les maisons des enfants d'Israël en Égypte, lorsqu'il frappa l'Égypte et qu'il sauva nos maisons. Le peuple s'inclina et se prosterna.

28. Et les enfants d'Israël s'en allèrent, et firent ce que l'Éternel avait ordonné à Moïse et à Aaron ; ils firent ainsi.

29. Au milieu de la nuit, l'Éternel frappa tous les premiers-nés dans le pays d'Égypte, depuis le premier-né de Pharaon assis sur son trône, jusqu'au premier-né du captif dans sa prison, et jusqu'à tous les premiers-nés des animaux.

30. Pharaon se leva de nuit, lui et tous ses serviteurs, et tous les Égyptiens ; et il y eut de grands cris en Égypte, car il n'y avait point de maison où il n'y eût un mort.

31. Dans la nuit même, Pharaon appela Moïse et Aaron, et leur dit : Levez-vous, sortez du milieu de mon peuple, vous et les enfants d'Israël. Allez, servez l'Éternel, comme vous l'avez dit.

32. Prenez vos brebis et vos boeufs, comme vous l'avez dit ; allez, et bénissez-moi.

33. Les Égyptiens pressaient le peuple, et avaient hâte de le renvoyer du pays, car ils disaient : Nous périrons tous.

34. Le peuple emporta sa pâte avant qu'elle fût levée. Ils enveloppèrent les pétrins dans leurs vêtements, et les mirent sur leurs épaules.

35. Les enfants d'Israël firent ce que Moïse avait dit, et ils demandèrent aux Égyptiens des vases d'argent, des vases d'or et des vêtements.

36. L'Éternel fit trouver grâce au peuple aux yeux des Égyptiens, qui se rendirent à leur demande. Et ils dépouillèrent les Égyptiens.

37. Les enfants d'Israël partirent de Ramsès pour Succoth au nombre d'environ six cent mille hommes de pied, sans les enfants.

38. Une multitude de gens de toute espèce montèrent avec eux ; ils avaient aussi des troupeaux considérables de brebis et de boeufs.

39. Ils firent des gâteaux cuits sans levain avec la pâte qu'ils avaient emportée d'Égypte, et qui n'était pas levée ; car ils avaient été chassés d'Égypte, sans pouvoir tarder, et sans prendre des provisions avec eux.

40. Le séjour des enfants d'Israël en Égypte fut de quatre cent trente ans.

41. Et au bout de quatre cent trente ans, le jour même, toutes les armées de l'Éternel sortirent du pays d'Égypte.

42. Cette nuit sera célébrée en l'honneur de l'Éternel, parce qu'il les fit sortir du pays d'Égypte ; cette nuit sera célébrée en l'honneur de l'Éternel par tous les enfants d'Israël et par leurs descendants.

43. L'Éternel dit à Moïse et à Aaron : Voici une ordonnance au sujet de la Pâque : Aucun étranger n'en mangera.

44. Tu circonciras tout esclave acquis à prix d'argent ; alors il en mangera.

45. L'habitant et le mercenaire n'en mangeront point.

46. On ne la mangera que dans la maison ; vous n'emporterez point de chair hors de la maison, et vous ne briserez aucun os.

47. Toute l'assemblée d'Israël fera la Pâque.

48. Si un étranger en séjour chez toi veut faire la Pâque de l'Éternel, tout mâle de sa maison devra être circoncis ; alors il s'approchera pour la faire, et il sera comme l'indigène ; mais aucun incirconcis n'en mangera.

49. La même loi existera pour l'indigène comme pour l'étranger en séjour au milieu de vous.

50. Tous les enfants d'Israël firent ce que l'Éternel avait ordonné à Moïse et à Aaron ; ils firent ainsi.

51. Et ce même jour l'Éternel fit sortir du pays d'Égypte les enfants d'Israël, selon leurs armées.

Exode 13

1. L'Éternel parla à Moïse, et dit :

2. Consacre-moi tout premier-né, tout premier-né parmi les enfants d'Israël, tant des hommes que des animaux : il m'appartient.

3. Moïse dit au peuple : Souvenez-vous de ce jour, où vous êtes sortis d'Égypte, de la maison de servitude ; car c'est par sa main puissante que l'Éternel vous en a fait sortir. On ne mangera point de pain levé.

4. Vous sortez aujourd'hui, dans le mois des épis.

5. Quand l'Éternel t'aura fait entrer dans le pays des Cananéens, des Héthiens, des Amoréens, des Héviens et des Jébusiens, qu'il a juré à tes pères de te donner, pays où coulent le lait et le miel, tu rendras ce culte à l'Éternel dans ce même mois.

6. Pendant sept jours, tu mangeras des pains sans levain ; et le septième jour, il y aura une fête en l'honneur de l'Éternel.

7. On mangera des pains sans levain pendant les sept jours ; on ne verra point chez toi de pain levé, et l'on ne verra point chez toi de levain, dans toute l'étendue de ton pays.

8. Tu diras alors à ton fils : C'est en mémoire de ce que l'Éternel a fait pour moi, lorsque je suis sorti d'Égypte.

9. Ce sera pour toi comme un signe sur ta main et comme un souvenir entre tes yeux, afin que la loi de l'Éternel soit dans ta bouche ; car c'est par sa main puissante que l'Éternel t'a fait sortir d'Égypte.

10. Tu observeras cette ordonnance au temps fixé d'année en année.

11. Quand l'Éternel t'aura fait entrer dans le pays des Cananéens, comme il l'a juré à toi et à tes pères, et qu'il te l'aura donné,

12. tu consacreras à l'Éternel tout premier-né, même tout premier-né des animaux que tu auras : les mâles appartiennent à l'Éternel.

13. Tu rachèteras avec un agneau tout premier-né de l'âne ; et, si tu ne le rachètes pas, tu lui briseras la nuque. Tu rachèteras aussi tout premier-né de l'homme parmi tes fils.

14. Et lorsque ton fils te demandera un jour : Que signifie cela ? tu lui répondras : Par sa main puissante, l'Éternel nous a fait sortir d'Égypte, de la maison de servitude ;

15. et, comme Pharaon s'obstinait à ne point nous laisser aller, l'Éternel fit mourir tous les premiers-nés dans le pays d'Égypte, depuis les premiers-nés des hommes jusqu'aux premiers-nés des animaux. Voilà pourquoi j'offre en sacrifice à l'Éternel tout premier-né des mâles, et je rachète tout premier-né de mes fils.

16. Ce sera comme un signe sur ta main et comme des fronteaux entre tes yeux ; car c'est par sa main puissante que l'Éternel nous a fait sortir d'Égypte.

17. Lorsque Pharaon laissa aller le peuple, Dieu ne le conduisit point par le chemin du pays des Philistins, quoique le plus proche ; car Dieu dit : Le peuple pourrait se repentir en voyant la guerre, et retourner en Égypte.

18. Mais Dieu fit faire au peuple un détour par le chemin du désert, vers la mer Rouge. Les enfants d'Israël montèrent en armes hors du pays d'Égypte.

19. Moïse prit avec lui les os de Joseph ; car Joseph avait fait jurer les fils d'Israël, en disant : Dieu vous visitera, et vous ferez remonter avec vous mes os loin d'ici.

20. Ils partirent de Succoth, et ils campèrent à Étham, à l'extrémité du désert.

21. L'Éternel allait devant eux, le jour dans une colonne de nuée pour les guider dans leur chemin, et la nuit dans une colonne de feu pour les éclairer, afin qu'ils marchassent jour et nuit.

22. La colonne de nuée ne se retirait point de devant le peuple pendant le jour, ni la colonne de feu pendant la nuit.

Exode 14

1. L'Éternel parla à Moïse, et dit :
2. Parle aux enfants d'Israël ; qu'ils se détournent, et qu'ils campent devant Pi Hahiroth, entre Migdol et la mer, vis-à-vis de Baal Tsephon ; c'est en face de ce lieu que vous camperez, près de la mer.
3. Pharaon dira des enfants d'Israël : Ils sont égarés dans le pays ; le désert les enferme.
4. J'endurcirai le coeur de Pharaon, et il les poursuivra ; mais Pharaon et toute son armée serviront à faire éclater ma gloire, et les Égyptiens sauront que je suis l'Éternel. Et les enfants d'Israël firent ainsi.
5. On annonça au roi d'Égypte que le peuple avait pris la fuite. Alors le coeur de Pharaon et celui de ses serviteurs furent changés à l'égard du peuple. Ils dirent : Qu'avons-nous fait, en laissant aller Israël, dont nous n'aurons plus les services ?
6. Et Pharaon attela son char, et il prit son peuple avec lui.
7. Il prit six cent chars d'élite, et tous les chars de l'Égypte ; il y avait sur tous des combattants.
8. L'Éternel endurcit le coeur de Pharaon, roi d'Égypte, et Pharaon poursuivit les enfants d'Israël. Les enfants d'Israël étaient sortis la main levée.
9. Les Égyptiens les poursuivirent ; et tous les chevaux, les chars de Pharaon, ses cavaliers et son armée, les atteignirent campés près de la mer, vers Pi Hahiroth, vis-à-vis de Baal Tsephon.

10. Pharaon approchait. Les enfants d'Israël levèrent les yeux, et voici, les Égyptiens étaient en marche derrière eux. Et les enfants

d'Israël eurent une grande frayeur, et crièrent à l'Éternel.

11. Ils dirent à Moïse : N'y avait-il pas des sépulcres en Égypte, sans qu'il fût besoin de nous mener mourir au désert ? Que nous as-tu fait en nous faisant sortir d'Égypte ?

12. N'est-ce pas là ce que nous te disions en Égypte : Laisse-nous servir les Égyptiens, car nous aimons mieux servir les Égyptiens que de mourir au désert ?

13. Moïse répondit au peuple : Ne craignez rien, restez en place, et regardez la délivrance que l'Éternel va vous accorder en ce jour ; car les Égyptiens que vous voyez aujourd'hui, vous ne les verrez plus jamais.

14. L'Éternel combattra pour vous ; et vous, gardez le silence.

15. L'Éternel dit à Moïse : Pourquoi ces cris ? Parle aux enfants d'Israël, et qu'ils marchent.

16. Toi, lève ta verge, étends ta main sur la mer, et fends-la ; et les enfants d'Israël entreront au milieu de la mer à sec.

17. Et moi, je vais endurcir le coeur des Égyptiens, pour qu'ils y entrent après eux : et Pharaon et toute son armée, ses chars et ses cavaliers, feront éclater ma gloire.

18. Et les Égyptiens sauront que je suis l'Éternel, quand Pharaon, ses chars et ses cavaliers, auront fait éclater ma gloire.

19. L'ange de Dieu, qui allait devant le camp d'Israël, partit et alla derrière eux ; et la colonne de nuée qui les précédait, partit et se tint derrière eux.

20. Elle se plaça entre le camp des Égyptiens et le camp d'Israël. Cette nuée était ténébreuse d'un côté, et de l'autre elle éclairait la nuit. Et les deux camps n'approchèrent point l'un de l'autre pendant toute la nuit.

21. Moïse étendit sa main sur la mer. Et l'Éternel refoula la mer par un vent d'orient, qui souffla avec impétuosité toute la nuit ; il mit la mer à sec, et les eaux se fendirent.

22. Les enfants d'Israël entrèrent au milieu de la mer à sec, et les eaux formaient comme une muraille à leur droite et à leur gauche.

23. Les Égyptiens les poursuivirent ; et tous les chevaux de Pharaon, ses chars et ses cavaliers, entrèrent après eux au milieu de la mer.

24. A la veille du matin, l'Éternel, de la colonne de feu et de nuée, regarda le camp des Égyptiens, et mit en désordre le camp des Égyptiens.

25. Il ôta les roues de leurs chars et en rendit la marche difficile. Les Égyptiens dirent alors : Fuyons devant Israël, car l'Éternel combat pour lui contre les Égyptiens.

26. L'Éternel dit à Moïse : Étends ta main sur la mer ; et les eaux reviendront sur les Égyptiens, sur leurs chars et sur leurs cavaliers.

27. Moïse étendit sa main sur la mer. Et vers le matin, la mer reprit son impétuosité, et les Égyptiens s'enfuirent à son approche ; mais l'Éternel précipita les Égyptiens au milieu de la mer.

28. Les eaux revinrent, et couvrirent les chars, les cavaliers et toute l'armée de Pharaon, qui étaient entrés dans la mer après les enfants d'Israël ; et il n'en échappa pas un seul.

29. Mais les enfants d'Israël marchèrent à sec au milieu de la mer, et les eaux formaient comme une muraille à leur droite et à leur gauche.

30. En ce jour, l'Éternel délivra Israël de la main des Égyptiens ; et Israël vit sur le rivage de la mer les Égyptiens qui étaient morts.

31. Israël vit la main puissante que l'Éternel avait dirigée contre les Égyptiens. Et le peuple craignit l'Éternel, et il crut en l'Éternel et en Moïse, son serviteur.

Exode 15

1. Alors Moïse et les enfants d'Israël chantèrent ce cantique à l'Éternel. Ils dirent : Je chanterai à l'Éternel, car il a fait éclater sa gloire ; Il a précipité dans la mer le cheval et son cavalier.
2. L'Éternel est ma force et le sujet de mes louanges ; C'est lui qui m'a sauvé. Il est mon Dieu : je le célébrerai ; Il est le Dieu de mon père : je l'exalterai.
3. L'Éternel est un vaillant guerrier ; L'Éternel est son nom.
4. Il a lancé dans la mer les chars de Pharaon et son armée ; Ses combattants d'élite ont été engloutis dans la mer Rouge.
5. Les flots les ont couverts : Ils sont descendus au fond des eaux, comme une pierre.
6. Ta droite, ô Éternel ! a signalé sa force ; Ta droite, ô Éternel ! a écrasé l'ennemi.
7. Par la grandeur de ta majesté Tu renverses tes adversaires ; Tu déchaînes ta colère : Elle les consume comme du chaume.
8. Au souffle de tes narines, les eaux se sont amoncelées, Les courants se sont dressés comme une muraille, Les flots se sont durcis au milieu de la mer.
9. L'ennemi disait : Je poursuivrai, j'atteindrai, Je partagerai le butin ; Ma vengeance sera assouvie, Je tirerai l'épée, ma main les détruira.
10. Tu as soufflé de ton haleine : La mer les a couverts ; Ils se sont enfoncés comme du plomb, Dans la profondeur des eaux.
11. Qui est comme toi parmi les dieux, ô Éternel ? Qui est comme toi magnifique en sainteté, Digne de louanges, Opérant des prodiges ?
12. Tu as étendu ta droite : La terre les a engloutis.

13. Par ta miséricorde tu as conduit, Tu as délivré ce peuple ; Par ta puissance tu le diriges Vers la demeure de ta sainteté.

14. Les peuples l'apprennent, et ils tremblent : La terreur s'empare des Philistins ;

15. Les chefs d'Édom s'épouvantent ; Un tremblement saisit les guerriers de Moab ; Tous les habitants de Canaan tombent en défaillance.

16. La crainte et la frayeur les surprendront ; Par la grandeur de ton bras Ils deviendront muets comme une pierre, Jusqu'à ce que ton peuple soit passé, ô Éternel ! Jusqu'à ce qu'il soit passé, Le peuple que tu as acquis.

17. Tu les amèneras et tu les établiras sur la montagne de ton héritage, Au lieu que tu as préparé pour ta demeure, ô Éternel ! Au sanctuaire, Seigneur ! que tes mains ont fondé.

18. L'Éternel régnera éternellement et à toujours.

19. Car les chevaux de Pharaon, ses chars et ses cavaliers sont entrés dans la mer, Et l'Éternel a ramené sur eux les eaux de la mer ; Mais les enfants d'Israël ont marché à sec au milieu de la mer.

20. Marie, la prophétesse, soeur d'Aaron, prit à la main un tambourin, et toutes les femmes vinrent après elle, avec des tambourins et en dansant.

21. Marie répondait aux enfants d'Israël : Chantez à l'Éternel, car il a fait éclater sa gloire ; Il a précipité dans la mer le cheval et son cavalier.

22. Moïse fit partir Israël de la mer Rouge. Ils prirent la direction du désert de Schur ; et, après trois journées de marche dans le désert, ils ne trouvèrent point d'eau.

23. Ils arrivèrent à Mara ; mais ils ne purent pas boire l'eau de Mara parce qu'elle était amère. C'est pourquoi ce lieu fut appelé Mara.

24. Le peuple murmura contre Moïse, en disant : Que boirons-nous ?

25. Moïse cria à l'Éternel ; et l'Éternel lui indiqua un bois, qu'il jeta dans l'eau. Et l'eau devint douce. Ce fut là que l'Éternel donna au peuple des lois et des ordonnances, et ce fut là qu'il le mit à l'épreuve.

26. Il dit : Si tu écoutes attentivement la voix de l'Éternel, ton Dieu, si tu fais ce qui est droit à ses yeux, si tu prêtes l'oreille à ses

commandements, et si tu observes toutes ses lois, je ne te frapperai d'aucune des maladies dont j'ai frappé les Égyptiens ; car je suis l'Éternel, qui te guérit.

27. Ils arrivèrent à Élim, où il y avait douze sources d'eau et soixante-dix palmiers. Ils campèrent là, près de l'eau.

Exode 16

1. Toute l'assemblée des enfants d'Israël partit d'Élim, et ils arrivèrent au désert de Sin, qui est entre Élim et Sinaï, le quinzième jour du second mois après leur sortie du pays d'Égypte.

2. Et toute l'assemblée des enfants d'Israël murmura dans le désert contre Moïse et Aaron.

3. Les enfants d'Israël leur dirent : Que ne sommes-nous morts par la main de l'Éternel dans le pays d'Égypte, quand nous étions assis près des pots de viande, quand nous mangions du pain à satiété ? car vous nous avez menés dans ce désert pour faire mourir de faim toute cette multitude.

4. L'Éternel dit à Moïse : Voici, je ferai pleuvoir pour vous du pain, du haut des cieux. Le peuple sortira, et en ramassera, jour par jour, la quantité nécessaire, afin que je le mette à l'épreuve, et que je voie s'il marchera, ou non, selon ma loi.

5. Le sixième jour, lorsqu'ils prépareront ce qu'ils auront apporté, il s'en trouvera le double de ce qu'ils ramasseront jour par jour.

6. Moïse et Aaron dirent à tous les enfants d'Israël : Ce soir, vous comprendrez que c'est l'Éternel qui vous a fait sortir du pays d'Égypte.

7. Et, au matin, vous verrez la gloire de l'Éternel, parce qu'il a entendu vos murmures contre l'Éternel ; car que sommes-nous, pour que vous murmuriez contre nous ?

8. Moïse dit : L'Éternel vous donnera ce soir de la viande à manger, et au matin du pain à satiété, parce que l'Éternel a entendu les murmures que vous avez proférés contre lui ; car que sommes-nous ? Ce n'est pas contre nous que sont vos murmures, c'est contre

l'Éternel.

9. Moïse dit à Aaron : Dis à toute l'assemblée des enfants d'Israël :
Approchez-vous devant l'Éternel, car il a entendu vos murmures.
10. Et tandis qu'Aaron parlait à toute l'assemblée des enfants d'Israël,
ils se tournèrent du côté du désert, et voici, la gloire de l'Éternel parut
dans la nuée.
11. L'Éternel, s'adressant à Moïse, dit :
12. J'ai entendu les murmures des enfants d'Israël. Dis-leur : Entre les
deux soirs vous mangerez de la viande, et au matin vous vous
rassasierez de pain ; et vous saurez que je suis l'Éternel, votre Dieu.
13. Le soir, il survint des cailles qui couvrirent le camp ; et, au matin,
il y eut une couche de rosée autour du camp.
14. Quand cette rosée fut dissipée, il y avait à la surface du désert
quelque chose de menu comme des grains, quelque chose de menu
comme la gelée blanche sur la terre.
15. Les enfants d'Israël regardèrent et ils se dirent l'un à l'autre :
Qu'est-ce que cela ? car ils ne savaient pas ce que c'était. Moïse leur
dit : C'est le pain que L'Éternel vous donne pour nourriture.
16. Voici ce que l'Éternel a ordonné : Que chacun de vous en ramasse
ce qu'il faut pour sa nourriture, un omer par tête, suivant le nombre
de vos personnes ; chacun en prendra pour ceux qui sont dans sa
tente.
17. Les Israélites firent ainsi ; et ils en ramassèrent les uns en plus,
les autres moins.
18. On mesurait ensuite avec l'omer ; celui qui avait ramassé plus
n'avait rien de trop, et celui qui avait ramassé moins n'en manquait
pas. Chacun ramassait ce qu'il fallait pour sa nourriture.

19. Moïse leur dit : Que personne n'en laisse jusqu'au matin.
20. Ils n'écoutèrent pas Moïse, et il y eut des gens qui en laissèrent
jusqu'au matin ; mais il s'y mit des vers, et cela devint infect. Moïse
fut irrité contre ces gens.
21. Tous les matins, chacun ramassait ce qu'il fallait pour sa
nourriture ; et quand venait la chaleur du soleil, cela fondait.
22. Le sixième jour, ils ramassèrent une quantité double de

nourriture, deux omers pour chacun. Tous les principaux de l'assemblée vinrent le rapporter à Moïse.

23. Et Moïse leur dit : C'est ce que l'Éternel a ordonné. Demain est le jour du repos, le sabbat consacré à l'Éternel ; faites cuire ce que vous avez à faire cuire, faites bouillir ce que vous avez à faire bouillir, et mettez en réserve jusqu'au matin tout ce qui restera.

24. Ils le laissèrent jusqu'au matin, comme Moïse l'avait ordonné ; et cela ne devint point infect, et il ne s'y mit point de vers.

25. Moïse dit : Mangez-le aujourd'hui, car c'est le jour du sabbat ; aujourd'hui vous n'en trouverez point dans la campagne.

26. Pendant six jours vous en ramasserez ; mais le septième jour, qui est le sabbat, il n'y en aura point.

27. Le septième jour, quelques-uns du peuple sortirent pour en ramasser, et ils n'en trouvèrent point.

28. Alors l'Éternel dit à Moïse : Jusques à quand refuserez-vous d'observer mes commandements et mes lois ?

29. Considérez que l'Éternel vous a donné le sabbat ; c'est pourquoi il vous donne au sixième jour de la nourriture pour deux jours. Que chacun reste à sa place, et que personne ne sorte du lieu où il est au septième jour.

30. Et le peuple se reposa le septième jour.

31. La maison d'Israël donna à cette nourriture le nom de manne. Elle ressemblait à de la graine de coriandre ; elle était blanche, et avait le goût d'un gâteau au miel.

32. Moïse dit : Voici ce que l'Éternel a ordonné : Qu'un omer rempli de manne soit conservé pour vos descendants, afin qu'ils voient le pain que je vous ai fait manger dans le désert, après vous avoir fait sortir du pays d'Égypte.

33. Et Moïse dit à Aaron : Prends un vase, mets-y de la manne plein un omer, et dépose-le devant l'Éternel, afin qu'il soit conservé pour vos descendants.

34. Suivant l'ordre donné par l'Éternel à Moïse, Aaron le déposa devant le témoignage, afin qu'il fût conservé.

35. Les enfants d'Israël mangèrent la manne pendant quarante ans, jusqu'à leur arrivée dans un pays habité ; ils mangèrent la manne

jusqu'à leur arrivée aux frontières du pays de Canaan.
36. L'omer est la dixième partie de l'épha.

Exode 17

1. Toute l'assemblée des enfants d'Israël partit du désert de Sin, selon les marches que l'Éternel leur avait ordonnées ; et ils campèrent à Rephidim, où le peuple ne trouva point d'eau à boire.

2. Alors le peuple chercha querelle à Moïse. Ils dirent : Donnez-nous de l'eau à boire. Moïse leur répondit : Pourquoi me cherchez-vous querelle ? Pourquoi tentez-vous l'Éternel ?

3. Le peuple était là, pressé par la soif, et murmurait contre Moïse. Il disait : Pourquoi nous as-tu fait monter hors d'Égypte, pour me faire mourir de soif avec mes enfants et mes troupeaux ?

4. Moïse cria à l'Éternel, en disant : Que ferai-je à ce peuple ? Encore un peu, et ils me lapideront.

5. L'Éternel dit à Moïse : Passe devant le peuple, et prends avec toi des anciens d'Israël ; prends aussi dans ta main ta verge avec laquelle tu as frappé le fleuve, et marche !

6. Voici, je me tiendrai devant toi sur le rocher d'Horeb ; tu frapperas le rocher, et il en sortira de l'eau, et le peuple boira. Et Moïse fit ainsi, aux yeux des anciens d'Israël.

7. Il donna à ce lieu le nom de Massa et Meriba, parce que les enfants d'Israël avaient contesté, et parce qu'ils avaient tenté l'Éternel, en disant : L'Éternel est-il au milieu de nous, ou n'y est-il pas ?

8. Amalek vint combattre Israël à Rephidim.

9. Alors Moïse dit à Josué : Choisis-nous des hommes, sors, et combats Amalek ; demain je me tiendrai sur le sommet de la colline, la verge de Dieu dans ma main.

10. Josué fit ce que lui avait dit Moïse, pour combattre Amalek. Et

Moïse, Aaron et Hur montèrent au sommet de la colline.

11. Lorsque Moïse élevait sa main, Israël était le plus fort ; et lorsqu'il baissait sa main, Amalek était le plus fort.

12. Les mains de Moïse étant fatiguées, ils prirent une pierre qu'ils placèrent sous lui, et il s'assit dessus. Aaron et Hur soutenaient ses mains, l'un d'un côté, l'autre de l'autre ; et ses mains restèrent fermes jusqu'au coucher du soleil.

13. Et Josué vainquit Amalek et son peuple, au tranchant de l'épée.

14. L'Éternel dit à Moïse : Écris cela dans le livre, pour que le souvenir s'en conserve, et déclare à Josué que j'effacerai la mémoire d'Amalek de dessous les cieux.

15. Moïse bâtit un autel, et lui donna pour nom : l'Éternel ma bannière.

16. Il dit : Parce que la main a été levée sur le trône de l'Éternel, il y aura guerre de l'Éternel contre Amalek, de génération en génération.

Exode 18

1. Jéthro, sacrificateur de Madian, beau-père de Moïse, apprit tout ce que Dieu avait fait en faveur de Moïse et d'Israël, son peuple ; il apprit que l'Éternel avait fait sortir Israël d'Égypte.

2. Jéthro, beau-père de Moïse, prit Séphora, femme de Moïse, qui avait été renvoyée.

3. Il prit aussi les deux fils de Séphora ; l'un se nommait Guerschom, car Moïse avait dit : J'habite un pays étranger ;

4. l'autre se nommait Éliézer, car il avait dit : Le Dieu de mon père m'a secouru, et il m'a délivré de l'épée de Pharaon.

5. Jéthro, beau-père de Moïse, avec les fils et la femme de Moïse, vint au désert où il campait, à la montagne de Dieu.

6. Il fit dire à Moïse : Moi, ton beau-père Jéthro, je viens vers toi, avec ta femme et ses deux fils.

7. Moïse sortit au-devant de son beau-père, il se prosterna, et il le baisa. Ils s'informèrent réciproquement de leur santé, et ils entrèrent dans la tente de Moïse.

8. Moïse raconta à son beau-père tout ce que l'Éternel avait fait à Pharaon et à l'Égypte à cause d'Israël, toutes les souffrances qui leur étaient survenues en chemin, et comment l'Éternel les avait délivrés.

9. Jéthro se réjouit de tout le bien que l'Éternel avait fait à Israël, et de ce qu'il l'avait délivré de la main des Égyptiens.

10. Et Jéthro dit : Béni soit l'Éternel, qui vous a délivrés de la main des Égyptiens et de la main de Pharaon ; qui a délivré le peuple de la main des Égyptiens !

11. Je reconnais maintenant que l'Éternel est plus grand que tous les dieux ; car la méchanceté des Égyptiens est retombée sur eux.

12. Jéthro, beau-père de Moïse, offrit à Dieu un holocauste et des sacrifices. Aaron et tous les anciens d'Israël vinrent participer au repas avec le beau-père de Moïse, en présence de Dieu.

13. Le lendemain, Moïse s'assit pour juger le peuple, et le peuple se tint devant lui depuis le matin jusqu'au soir.

14. Le beau-père de Moïse vit tout ce qu'il faisait pour le peuple, et il dit : Que fais-tu là avec ce peuple ? Pourquoi sièges-tu seul, et tout le peuple se tient-il devant toi, depuis le matin jusqu'au soir ?

15. Moïse répondit à son beau-père : C'est que le peuple vient à moi pour consulter Dieu.

16. Quand ils ont quelque affaire, ils viennent à moi ; je prononce entre eux, et je fais connaître les ordonnances de Dieu et ses lois.

17. Le beau-père de Moïse lui dit : Ce que tu fais n'est pas bien.

18. Tu t'épuiseras toi-même, et tu épuiseras ce peuple qui est avec toi ; car la chose est au-dessus de tes forces, tu ne pourras pas y suffire seul.

19. Maintenant écoute ma voix ; je vais te donner un conseil, et que Dieu soit avec toi ! Sois l'interprète du peuple auprès de Dieu, et porte les affaires devant Dieu.

20. Enseigne-leur les ordonnances et les lois ; et fais-leur connaître le chemin qu'ils doivent suivre, et ce qu'ils doivent faire.

21. Choisis parmi tout le peuple des hommes capables, craignant Dieu, des hommes intègres, ennemis de la cupidité ; établis-les sur eux comme chefs de mille, chefs de cent, chefs de cinquante et chefs de dix.

22. Qu'ils jugent le peuple en tout temps ; qu'ils portent devant toi toutes les affaires importantes, et qu'ils prononcent eux-mêmes sur les petites causes. Allège ta charge, et qu'ils la portent avec toi.

23. Si tu fais cela, et que Dieu te donne des ordres, tu pourras y suffire, et tout ce peuple parviendra heureusement à sa destination.

24. Moïse écouta la voix de son beau-père, et fit tout ce qu'il avait dit.

25. Moïse choisit des hommes capables parmi tout Israël, et il les établit chefs du peuple, chefs de mille, chefs de cent, chefs de

cinquante et chefs de dix.

26. Ils jugeaient le peuple en tout temps ; ils portaient devant Moïse les affaires difficiles, et ils prononçaient eux-mêmes sur toutes les petites causes.

27. Moïse laissa partir son beau-père, et Jéthro s'en alla dans son pays.

Exode 19

1. Le troisième mois après leur sortie du pays d'Égypte, les enfants d'Israël arrivèrent ce jour-là au désert de Sinaï.

2. Étant partis de Rephidim, ils arrivèrent au désert de Sinaï, et ils campèrent dans le désert ; Israël campa là, vis-à-vis de la montagne.

3. Moïse monta vers Dieu : et l'Éternel l'appela du haut de la montagne, en disant : Tu parleras ainsi à la maison de Jacob, et tu diras aux enfants d'Israël :

4. Vous avez vu ce que j'ai fait à l'Égypte, et comment je vous ai portés sur des ailes d'aigle et amenés vers moi.

5. Maintenant, si vous écoutez ma voix, et si vous gardez mon alliance, vous m'appartiendrez entre tous les peuples, car toute la terre est à moi ;

6. vous serez pour moi un royaume de sacrificateurs et une nation sainte. Voilà les paroles que tu diras aux enfants d'Israël.

7. Moïse vint appeler les anciens du peuple, et il mit devant eux toutes ces paroles, comme l'Éternel le lui avait ordonné.

8. Le peuple tout entier répondit : Nous ferons tout ce que l'Éternel a dit. Moïse rapporta les paroles du peuple à l'Éternel.

9. Et l'Éternel dit à Moïse : Voici, je viendrai vers toi dans une épaisse nuée, afin que le peuple entende quand je te parlerai, et qu'il ait toujours confiance en toi. Moïse rapporta les paroles du peuple à l'Éternel.

10. Et l'Éternel dit à Moïse : Va vers le peuple ; sanctifie-les aujourd'hui et demain, qu'ils lavent leurs vêtements.

11. Qu'ils soient prêts pour le troisième jour ; car le troisième jour

l'Éternel descendra, aux yeux de tout le peuple, sur la montagne de Sinaï.

12. Tu fixeras au peuple des limites tout à l'entour, et tu diras : Gardez-vous de monter sur la montagne, ou d'en toucher le bord. Quiconque touchera la montagne sera puni de mort.

13. On ne mettra pas la main sur lui, mais on le lapidera, ou on le percera de flèches : animal ou homme, il ne vivra point. Quand la trompette sonnera, ils s'avanceront près de la montagne.

14. Moïse descendit de la montagne vers le peuple ; il sanctifia le peuple, et ils lavèrent leurs vêtements.

15. Et il dit au peuple : Soyez prêts dans trois jours ; ne vous approchez d'aucune femme.

16. Le troisième jour au matin, il y eut des tonnerres, des éclairs, et une épaisse nuée sur la montagne ; le son de la trompette retentit fortement ; et tout le peuple qui était dans le camp fut saisi d'épouvante.

17. Moïse fit sortir le peuple du camp, à la rencontre de Dieu ; et ils se placèrent au bas de la montagne.

18. La montagne de Sinaï était tout en fumée, parce que l'Éternel y était descendu au milieu du feu ; cette fumée s'élevait comme la fumée d'une fournaise, et toute la montagne tremblait avec violence.

19. Le son de la trompette retentissait de plus en plus fortement. Moïse parlait, et Dieu lui répondait à haute voix.

20. Ainsi l'Éternel descendit sur la montagne de Sinaï, sur le sommet de la montagne ; l'Éternel appela Moïse sur le sommet de la montagne. Et Moïse monta.

21. L'Éternel dit à Moïse : Descends, fais au peuple la défense expresse de se précipiter vers l'Éternel, pour regarder, de peur qu'un grand nombre d'entre eux ne périssent.

22. Que les sacrificateurs, qui s'approchent de l'Éternel, se sanctifient aussi, de peur que l'Éternel ne les frappe de mort.

23. Moïse dit à l'Éternel : Le peuple ne pourra pas monter sur la montagne de Sinaï, car tu nous en as fait la défense expresse, en disant : Fixe des limites autour de la montagne, et sanctifie-la.

24. L'Éternel lui dit : Va, descends ; tu monteras ensuite avec Aaron ;

mais que les sacrificateurs et le peuple ne se précipitent point pour monter vers l'Éternel, de peur qu'il ne les frappe de mort.
25. Moïse descendit vers le peuple, et lui dit ces choses.

Exode 20

1. Alors Dieu prononça toutes ces paroles, en disant :
2. Je suis l'Éternel, ton Dieu, qui t'ai fait sortir du pays d'Égypte, de la maison de servitude.
3. Tu n'auras pas d'autres dieux devant ma face.
4. Tu ne te feras point d'image taillée, ni de représentation quelconque des choses qui sont en haut dans les cieux, qui sont en bas sur la terre, et qui sont dans les eaux plus bas que la terre.
5. Tu ne te prosterneras point devant elles, et tu ne les serviras point ; car moi, l'Éternel, ton Dieu, je suis un Dieu jaloux, qui punis l'iniquité des pères sur les enfants jusqu'à la troisième et la quatrième génération de ceux qui me haïssent,
6. et qui fais miséricorde jusqu'en mille générations à ceux qui m'aiment et qui gardent mes commandements.
7. Tu ne prendras point le nom de l'Éternel, ton Dieu, en vain ; car l'Éternel ne laissera point impuni celui qui prendra son nom en vain.
8. Souviens-toi du jour du repos, pour le sanctifier.
9. Tu travailleras six jours, et tu feras tout ton ouvrage.
10. Mais le septième jour est le jour du repos de l'Éternel, ton Dieu : tu ne feras aucun ouvrage, ni toi, ni ton fils, ni ta fille, ni ton serviteur, ni ta servante, ni ton bétail, ni l'étranger qui est dans tes portes.
11. Car en six jours l'Éternel a fait les cieux, la terre et la mer, et tout ce qui y est contenu, et il s'est reposé le septième jour : c'est pourquoi l'Éternel a béni le jour du repos et l'a sanctifié.

12. Honore ton père et ta mère, afin que tes jours se prolongent dans

le pays que l'Éternel, ton Dieu, te donne.

13. Tu ne tueras point.

14. Tu ne commettras point d'adultère.

15. Tu ne déroberas point.

16. Tu ne porteras point de faux témoignage contre ton prochain.

17. Tu ne convoiteras point la maison de ton prochain ; tu ne convoiteras point la femme de ton prochain, ni son serviteur, ni sa servante, ni son boeuf, ni son âne, ni aucune chose qui appartienne à ton prochain.

18. Tout le peuple entendait les tonnerres et le son de la trompette ; il voyait les flammes de la montagne fumante. A ce spectacle, le peuple tremblait, et se tenait dans l'éloignement.

19. Ils dirent à Moïse : Parle-nous toi-même, et nous écouterons ; mais que Dieu ne nous parle point, de peur que nous ne mourions.

20. Moïse dit au peuple : Ne vous effrayez pas ; car c'est pour vous mettre à l'épreuve que Dieu est venu, et c'est pour que vous ayez sa crainte devant les yeux, afin que vous ne péchiez point.

21. Le peuple restait dans l'éloignement ; mais Moïse s'approcha de la nuée où était Dieu.

22. L'Éternel dit à Moïse : Tu parleras ainsi aux enfants d'Israël : Vous avez vu que je vous ai parlé depuis les cieux.

23. Vous ne ferez point des dieux d'argent et des dieux d'or, pour me les associer ; vous ne vous en ferez point.

24. Tu m'élèveras un autel de terre, sur lequel tu offriras tes holocaustes et tes sacrifices d'actions de grâces, tes brebis et tes boeufs. Partout où je rappellerai mon nom, je viendrai à toi, et je te bénirai.

25. Si tu m'élèves un autel de pierre, tu ne le bâtiras point en pierres taillées ; car en passant ton ciseau sur la pierre, tu la profanerais.

26. Tu ne monteras point à mon autel par des degrés, afin que ta nudité ne soit pas découverte.

Exode 21

1. Voici les lois que tu leur présenteras.

2. Si tu achètes un esclave hébreu, il servira six années ; mais la septième, il sortira libre, sans rien payer.

3. S'il est entré seul, il sortira seul ; s'il avait une femme, sa femme sortira avec lui.

4. Si c'est son maître qui lui a donné une femme, et qu'il en ait eu des fils ou des filles, la femme et ses enfants seront à son maître, et il sortira seul.

5. Si l'esclave dit : J'aime mon maître, ma femme et mes enfants, je ne veux pas sortir libre, -

6. alors son maître le conduira devant Dieu, et le fera approcher de la porte ou du poteau, et son maître lui percera l'oreille avec un poinçon, et l'esclave sera pour toujours à son service.

7. Si un homme vend sa fille pour être esclave, elle ne sortira point comme sortent les esclaves.

8. Si elle déplaît à son maître, qui s'était proposé de la prendre pour femme, il facilitera son rachat ; mais il n'aura pas le pouvoir de la vendre à des étrangers, après lui avoir été infidèle.

9. S'il la destine à son fils, il agira envers elle selon le droit des filles.

10. S'il prend une autre femme, il ne retranchera rien pour la première à la nourriture, au vêtement, et au droit conjugal.

11. Et s'il ne fait pas pour elle ces trois choses, elle pourra sortir sans rien payer, sans donner de l'argent.

12. Celui qui frappera un homme mortellement sera puni de mort.

13. S'il ne lui a point dressé d'embûches, et que Dieu l'ait fait tomber

sous sa main, je t'établirai un lieu où il pourra se réfugier.

14. Mais si quelqu'un agit méchamment contre son prochain, en employant la ruse pour le tuer, tu l'arracheras même de mon autel, pour le faire mourir.

15. Celui qui frappera son père ou sa mère sera puni de mort.

16. Celui qui dérobera un homme, et qui l'aura vendu ou retenu entre ses mains, sera puni de mort.